folio.1

Traduit de l'anglais par Anne de Bouchony

ISBN : 2-07-052350-0
Titre original : *Funnybones, Bump in the night*
Publié par William Heinemann, Ltd.
© Allan Ahlberg, 1993, pour le texte
© André Amstutz, 1993, pour les illustrations
© Gallimard Jeunesse, 1998, pour la traduction française
Numéro d'édition : 87873
Loi n° 49-956 du 16 juillet 1949
sur les publications destinées à la jeunesse
Dépôt légal : octobre 1998
© Christiane Schneider und Tabu Verlag Gmbh, München
pour le design de la couverture
Imprimé en Italie par Editoriale Libraria

Gallimard Jeunesse

Les Bizardos Carambolages dans la nuit

Allan Ahlberg / André Amstutz

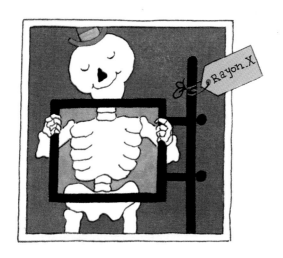

folio benjamin

Dans la sombre sombre cave
d'une sombre sombre maison,
un petit squelette lit une bande
dessinée.
Dans une sombre sombre rue
d'une sombre sombre ville,
un grand squelette promène
son chien.

Alors le plus grand se précipite
à la maison, et le plus petit
se précipite dehors,
et – Au secours! –
ils se carambolent dans la nuit.

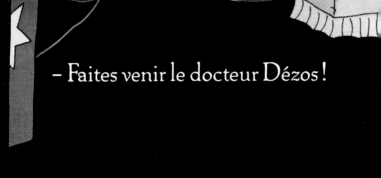

– Faites venir le docteur Dézos !

Dans la sombre sombre salle
de classe d'un sombre sombre
pensionnat, un petit squelette
fait de la peinture.
Dans le sombre sombre atelier
du même pensionnat,
un grand squelette fabrique
une chaise.

Alors le plus petit prend sa peinture
pour la montrer au plus grand,
et le plus grand prend sa chaise
pour la montrer au plus petit,
et – wouaouh ! –
ils se carambolent encore
dans la nuit.

«Faites venir le docteur Dézos !»

Le petit squelette et le grand
squelette marchent prudemment
dans le parc.
Ils se balancent sur
les balançoires,
jettent un bâton
au chien et jouent au football.

« L'os de la jambe bien en relation avec celui du pied », chante le petit. « L'os du pied bien au contact du ballon. »

« L'os du crâne bien au contact
avec le (clonk !)
crâne », gémit le grand.

« Faites venir le docteur Dézos ! »

Le grand squelette
et le petit squelette sont assis,
mais pas trop près l'un de l'autre,
dans une sombre sombre cave.
«C'est une sombre sombre cave,
dit le plus petit. Peignons-la.»
«Bonne idée!» dit le plus grand.

Le grand squelette
et le petit squelette
peignent la cave
et, de temps à autre, le chien.

Ils peignent la cave
en rouge, en vert, en bleu,
et en de nombreuses autres
couleurs.

Mais...

« Il fait toujours
sombre », dit
le petit squelette.
« Peignons-la
en blanc. »
Alors, ils la peignent
en blanc...

... et disparaissent !
Et, vous l'avez deviné,
se carambolent dans la nuit.

« Faites venir le docteur Dézos ! »

Ensuite, ils se carambolent
dans la nuit en jouant au tennis
et se carambolent encore en jouant
au golf.

Dans la sombre sombre cave
(ils l'ont repeinte en noir)
d'une sombre sombre maison,
un petit squelette est
profondément endormi.
Rrr !
Dans la même cave de la même
maison, un grand squelette
est profondément endormi aussi.
Rrr !

Et là, ils sont...
bordés bien confortablement
et enfin à l'abri des carambolages
dans la nuit.

Enfin, presque.

FIN